AGNES DE CHAILLOT,

COMEDIE.

PAR MONSIEUR DOMINIQUE,
Comedien de S. A. R. Monseigneur
LE DUC D'ORLEANS.

*Representée par les Comediens Italiens de Son Altesse Royale,
Monseigneur LE DUC D'ORLEANS.*

SECONDE EDITION.
Le prix est de vingt-cinq sols.

A PARIS,

Chez FRANÇOIS FLAHAULT, Quay des
Augustins, au coin de la ruë Pavée, au Roy
de Portugal.

M. DCC. XXIII.

Avec Approbation, & Permission.

ACTEURS
de la Comedie.

TRIVELIN, ancien Bailly de Chaillot, furnom-
   mé le Jufticier.
LA BAILLIVE, fa femme.
PIERROT, Fils de Trivelin.
AGNE'S, fervante du Bailly, & mariée fecrete-
   ment à Pierrot.
CROUTON, Ambaffadeur de Gonneffe.
DEUX MITRONS.
ARLEQUIN, Bedeau & parent du Bailly.
LE MAGISTER,
LE MARGUILLER d'honneur,
LE CARILLONNEUR, } *Perfonnages muets.*
Quatre PAYSANS,
Quatre ENFANS.
LA NOURRICE des Enfans.
UN ARCHER.
PAYSANS & PAYSANES.

La Scene eft à Chaillot, dans la Maifon de Trivelin.

AGNÉS

DE CHAILLOT,

COMEDIE.

SCENE PREMIERE.

LE BAILLY, LA BAILLIVE, AGNE'S,
Quatre PAISANS.

LE BAILLY.

On Fils ne me fuit point ! fans peine je
   l'excufe,
Il vient de remporter le prix de l'arque-
   bufe :
Il eft encor tout plein de cet excès d'honneur,
Mais de Gonneffe enfin , voici l'Ambaffadeur.

A ij

LA BAILLIVE.

Pour me dire ces mots faut-il tant de miſtere ?
Moi qui fus de Gonneſſe, autrefois Boulangere,
Je dois bien le connoître, il ſe nomme Crouton,
Mon fils depuis un an en a fait ſon Mitron :
Mais, Monſieur le Bailli toûjours avec emphaſe,
Vous nous faites valoir juſqu'à la moindre phraſe.

LE BAILLY.

Aprenez qu'un Bailli doit parler gravement,
Mais de l'Ambaſſadeur, oïons le compliment.

SCENE I I.

LE BAILLY, LA BAILLIVE, AGNE'S.
ſuite du Bailly, CROUTON, *Ambaſſadeur*
de Goneſſe, & ſa ſuite.

CROUTON.

JE ſommes députez des Bourgeois de Gonneſſe,
Qui vous marquent, par Nous, Bailly, leur allegreſſe,
Ils ſont tretous joïeux, que Monſieur vôtre fils
De l'Arquebuſe enfin ait remporté le prix;

Goûtez , Bailly , goûtez , non pas deux fois , mais
 quatre ,
La gloire que ce Fils , fur vous a fçû rabattre :
Ah ! quel plaifir pour vous , de faire tant de bruit !
Et d'être par un Fils , rengendré , reproduit ,
Que vous êtes heureux ! chez vous rien ne décline ,
Vous vendez votre fon , mieux que votre farine ;
Vous mettez tout en branle,& vos vœux font contens,
J'en partageons la joïe avec vos Habitans ;
Notre Maître fur tout, de fi bon cœur s'y livre,
Que depuis avant hier il n'a ceffé d'être yvre.

LE BAILLY.

Vôtre Maître , Crouton , m'eft uni doublement,
Sa mere eft mon époufe, on ne fçait pas comment ,
Mais n'importe , cela ne fait rien à l'affaire ;
Et le même Contrat qui m'unit à fa mere ,
Veut que mon Fils Pierrot foit l'époux de fa Sœur.

LA BAILLIVE.

Sans que vous le difiez , on fçait cela par cœur.

LE BAILLY.

Ainfi dans nos Enfans nous nous verrons renaître ,
A dieu … de mes deffeins inftruifez vôtre Maître ,
A iij

Dites-lui , que Pierrot épousera sa Sœur.

L' Ambassadeur se retire avec toute sa suite.

* * *

SCENE III.

LE BAILLY, LA BAILLIVE, AGNE'S.

LA BAILLIVE.

Vous renvoïez bien-tôt ce pauvre Ambassadeur ;
Vous deviez bien du moins le prier de la Nôce ;
Ou pour s'en retourner lui prêter vôtre rosse.
Mais sur un autre fait discourons entre nous :
Vôtre fils , que déja ma fille aime en époux ,
Ne la regarde pas , elle est inconsolable.

LE BAILLY.

Que m'apprenez-vous là , ce seroit bien le diable ,
Pour Constance , Pierrot seroit indiférent ?
Il le faut excuser , les honneurs qu'on lui rend
Lui montent à la tête , il en est dans l'yvresse ,
Car souvent les honneurs enyvrent la jeunesse.

LA BAILLIVE.

Il faut à son devoir ranger cet étourdi,
Il a du cœur , il est entreprenant, hardi,

Ne manque pas d'efprit, fa figure eft gentille,

Il excelle au Billard, & fçait bien le Quadrille;

Dans tout notre Village, il n'a point fon égal :

Mais convenez aussi qu'il eft un peu brutal.

LE BAILLY.

Allez ne craignez rien, je fçaurai le réduire,

Repofez-vous fur moi, ce mot doit vous fufire;

Je vais trouver Conftance, & dans le même tems,

A mon coquin de fils parler des groffes dents.

SCENE IV.

LA BAILLIVE A AGNE'S *qui travaille en tapifferie.*

A Gnés pour m'écouter, laiffez-là votre ouvrage.

Eh bien ! que dites-vous de tout ce tripotage?

AGNES *d'un air fimple.*

Moi, Madame ?

LA BAILLIVE.

Pierrot pourroit vous en conter,

Souvent dans vôtre Chambre, il va vous vifiter :

Etes-vous fa maîtreſſe, ou bien ſa confidente ?

A G N E' S.

Hélas ! je ſuis, Madame, une pauvre innocente,

Qui ne ſçait pas encore à quoi ſert un Amant.

LA BAILLIVE.

Vous parlez en niaiſe, & penſez autrement.

A G N E'S *ſoûpirant.*

Qui, moi ? je ne ſçais pas ce que vous voulez dire.

LA BAILLIVE.

Vous ſoûpirez je crois ?

A G N E'S.

          Non, c'eſt que je reſpire.

LA BAILLIVE.

Vous appellez cela reſpirer ? jour de Dieu,

Si quelqu'un à ma Fille arrachoit un cheveu,

C'eſt comme s'il oſoit me l'ôter à moi-même,

Ma Fille eſt mon bijou, je la chéris, je l'aime ;

Eſt-il rien de ſi beau que cette Fille-là ?

Si-tôt qu'elle paroît, chacun dit … la voilà.

Qu'elle vienne à ſous - rire, ou tourner la pru-

     nelle,

On entend ſoûpirer tout le monde au tour d'elle ;

Et cependant je vois qu'on la méprise ici ;

Mort de ma vie, il faut éclaircir tout ceci,

Chargez-vous de ce soin, entendez-vous, ma mie ?

Sçachez par qui ma fille est aujourd'hui trahie,

Apprenez-moi sur qui doivent tomber mes coups,

Découvrez sa rivale, ou je m'en prens à vous.

Elle s'en va.

SCENE V.

A G N E' S *seul.*

AH Ciel ! qu'ai-je entendu ? quelle affreuse tem-
  pête,

Si j'en crois ses transports, va fondre sur ma tête ?

Heureuse en ce péril qui me glace d'effroi,

Si je n'avois encor à craindre que pour moi.

✛✛✛✛✛✛✛✛✛✛✛✛✛✛✛✛✛✛✛✛✛✛✛✛✛✛✛✛✛✛✛✛✛
✛✛✛✛✛✛✛✛✛✛✛✛✛✛✛✛✛✛✛✛✛✛✛✛✛✛✛✛✛✛✛✛✛

SCENE VI.

PIERROT, AGNE'S.

AGNE'S.

Venez mon cher Pierrot.

PIERROT.

Je vous vois toute émûë,
Qu'avez-vous belle Agnés ?

AGNE'S.

Vôtre Agnés est perduë,
On vous fait épouser Constance dès ce jour.

PIERROT.

Et que deviendra donc chere Agnés nôtre amour ?

AGNE'S.

O trop funeste amour ! avant que de m'y rendre,
Vous sçavez quels efforts je fis pour m'en défendre.
Un jour dans ma Cuisine entré secretement,
Vous vintes me conter vôtre amoureux tourment :
Je vous priai cent fois de me laisser tranquile,
Vous n'écoutâtes point ma priere inutile ;

Et me ferrant les mains , embraffant mes genoux ,
Vous fîtes éclater les tranfports les plus doux.
Mais piqué des rigueurs de ma vertu mutine ,
Vous prîtes auffi-tôt le Coûteau de Cuifine ;
Je craignis pour vos jours, j'arrêtai vôtre main ,
Et je vous empêchai de vous percer le fein.
Vous jettâtes le trouble , & l'effroi dans mon ame ,
Dés ce même moment je devins vôtre femme ,
Mais hélas, tout confpire aujourd'hui contre nous !
On veut , mon cher Pierrot , brifer des nœuds fi doux.
Vôtre marâtre enfin que la rage tranfporte ,
Me foupçonne déja.....

PIERROT.

Que le diable l'emporte ;
Mais n'apprehendez rien , je fçaurai vous venger,
Si quelqu'un dans ces lieux ofe vous outrager:
Calmez-vous , belle Agnés , banniffez les allarmes ,
Vos yeux ne font point faits pour répandre des lar-
        mes ,
Ils doivent s'occuper à des emplois plus doux.
Vous fîtes tout pour moi, je ferai tout pour vous.

A G N E' S.

Point de révolte au moins ; mon fils, qu'il vous
     souvienne,
Que lorfque je reçûs vôtre main , vous la mienne ;
Avant que nous coucher , vous me promîtes
     bien ,
Que jamais contre un pere ... :

PIERROT.

                    Ah ! je ne promis rien ;
Que diable dáns la tête , allez-vous donc vous mettre?
Ne pouvant rien prévoir , que pouvois-je promettre?
Sçavois-je que mon pere , à foixante & quinze-ans ,
Reprendroit une femme avec de grands Enfans ?
Et que de cette femme on m'offriroit la fille ,
Pour ne faire par là qu'une feule famille ?
Mais pour ne rien rifquer dans des périls fi grands ,
Fuïez, fuïez , Agnés , avec nos chers Enfans ;
Ces gages précieux de notre amour parfaite.

A G N E' S.

Non , non , je ne dois point fonger à la retraite ,
Nous découvririons tout , laiffez-moi dans ces lieux ;
Mais ne nous voïons plus.

PIERROT.

Chere Agnés, je le veux,
Il faut vous obéïr, mon pere va m'entendre,
Cachez bien l'interêt que vous y pouvez prendre,
Pour quelque temps encor, diſſimulons nos feux;
Et faiſons ſur nos cœurs cet effort genereux;
Mais du moins baiſe-moi, la choſe m'eſt permiſe;
C'eſt une liberté que l'himen autoriſe.

AGNE'S.

Que me demandez-vous?

PIERROT.

Rien qu'un petit baiſer,
Cette faveur, Agnés, ne peut ſe refuſer,
C'eſt tout ce qu'a preſent mon amour ſe propoſe;
Je me garderai bien d'éxiger autre choſe.

AGNE'S.

Hé bien ſoit.... mais j'ai peine à ſortir de ce lieu,
Nous nous diſons peut-être un éternel à dieu.

Elle s'en va.

SCENE VII.

PIERROT *seul.*

J'Attens ici mon pere, il croira me confondre ;
Mais à bon chat, bon rat, je sçaurai lui répondre :
Il vient. Constance ici devoit suivre ses pas,
Mais elle fera mieux de n'y paroître pas :
La belle vainement chercheroit à me plaire,
Sa présence en ces lieux n'est pas fort nécessaire.

SCENE VIII.

LE BAILLY.

JE vous cherchois, mon fils , & je vous trouve ici.
PIERROT *d'un air fier.*
A la bonne heure.

LE BAILLY.
Enfin , mon cher fils, Dieu merci,

Vous avez comme il faut imité mon adreſſe ,
Aux jeux où l'on m'a vû briller dans ma jeuneſſe :
Il s'agit de ſçavoir , ſi dans d'autres exploits ,
Où l'on ſcait que j'étois un Compere autrefois ,
Vous pourrez dignement égaler votre pere :
Je veux vous marier à Conſtance , & j'eſpere . . .
Vous ſecoüez la tête , expliquez-vous.

PIERROT.

Hélas !

Sans que je diſe rien , ne m'entendez-vous pas ?

LE BAILLY.

Ah ! j'entens , vôtre cœur ne reſſent rien pour elle ?
Elle n'eſt pas peut-être à vos yeux aſſez belle.
Eſt-ce au fils d'un Bailly de regarder aux traits ?
Il ne doit conſulter que ſes ſeuls interêts ,
Conſtance , en l'épouſant , va vous mettre à vôtre
  aiſe ;
Enfin , que ſa beauté vous plaiſe , ou vous déplaiſe ,
Vous ſerez ſon époux , j'ai réſolu cela ,
J'ai donné ma parole.

PIERROT.

Hé bien , retirez-la.

Quoi ! le Fils d'un Bailly n'aura pas l'avantage,

Qu'on ne refufe pas au dernier du Village ?

On veut jufqu'à ce point contraindre mon ardeur,

Et je ne pourrai pas difpofer de mon cœur ?

LE BAILLY.

Nous avons un dédit d'une affez groffe fomme,

Et fi de le païer, il faut que l'on me fomme....

PIERROT.

Faut-il à vos genoux me jetter ? m'y voila.

LE BAILLY.

Tarare .... il s'agit bien maintenant de cela ;

Il s'agit de païer, ou tenir ma promeffe,

Sur moi je ne veux point attirer tour Gonneffe.

PIERROT.

Nos Manans, s'il le faut, vous prêteront la main :

Le Bailly d'un Village en eft le Souverain :

Des Mitrons peuvent-ils vous caufer tant d'allarmes ?

Dites un mot, je fuis prêt à prendre les armes.

Le plus affreux danger ne peut m'intimider,

Dans un péril preffant, il faut tout hafarder,

Rien ne me fait trembler, j'ai du cœur, de l'adreffe,

J'ofe dés à prefent défier tour Gonneffe.

En

En vain ſes Habitans s'armeroient contre vous,
C'eſt aſſez de moi ſeul pour les abattre tous.

LE BAILLY.

A cet emportement je ferai la Réponſe,
Que fit en pareil cas à ſon fils Dom Alphonſe.
Vos fureurs ne ſont pas une regle pour moi,
Vous parlez en Soldat, je dois agir en Roi.

PIERROT.

A quoi bon me citer ce beau vers de Corneille,
Dont vous avez cent fois étourdi mon oreille.

LE BAILLY.

Je crois que ce coquin ſe mocque encor de moi !
Oh ! vous m'obéïrez, ou vous direz pourquoi.

PIERROT.

Non, je ne ferai point ce qu'on veut que je faſſe.

LE BAILLY.

Vous le ferez, ou bien du logis je vous chaſſe,
En un mot, je le veux.

PIERROT.

Et moi ce que je ſuis
Ne me permet auſſi qu'un mot, ... je ne le puis.

B

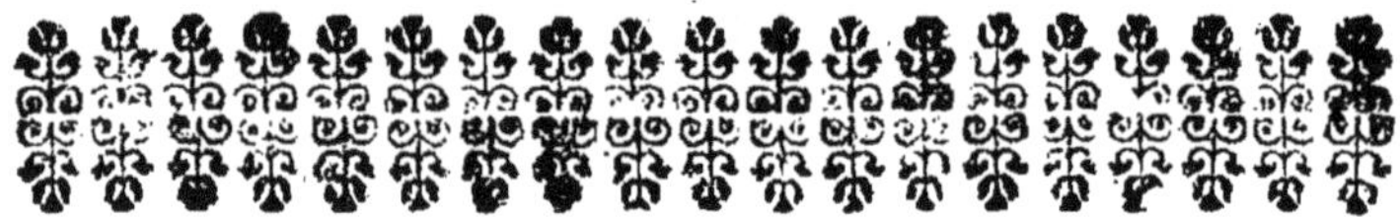

SCENE IX.

LA BAILLIVE, LE BAILLY, PIERROT, AGNE'S.

LA BAILLIVE.

Mon mari, pour le coup j'ai découvert l'affaire,
Ne vous étonnez plus qu'à vos desirs contraire,
Pour ma Fille, Pierrot ne montre que mépris,
Voilà l'indigne objet dont son cœur est épris.

En montrant Agnès.

LE BAILLY.

Ma Servante!

AGNE'S.

Ah ! bon Dieu, moi ! l'innocence
même !

PIERROT.

Ne désavoüez point, Agnés, que je vous aime :
A quoi bon ces détours ? il n'en faut plus chercher,
Mon amour est trop grand pour le pouvoir cacher.

LE BAILLY à *Agnés.*

Cela feroit-il vrai petite mijaurée,

Qui faites devant nous la fotte & la fucrée?

PIERROT.

Ah *!* faites fur moi feul, tomber votre couroux,

Agnés n'eft point coupable, & jamais...

LE BAILLY.

Taifez-vous.

Ma femme, entre vos mains, je remets la coquine,

Allez la renfermer, à clef, dans la Cuifine.

PIERROT.

Ah *!* quel Ordre barbare *!* Agnés, ma chere Agnés,

Quoi ! je ne verrois plus de fi charmans attraits !

Je ne permettrai point qu'elle me foit ravie,

Et je foufrirois moins fi l'on m'ôtoit la vie.

LE BAILLY.

Vous ne la verrez plus.

PIERROT.

Ah ! mon Pere, arrêtez,

En quelles mains, hélas! la laiffez-vous ?

LE BAILLY.

Sortez.

B ij

PIERROT.

Quelqu'un va le païer, ou je me donne au diable,,
Je fors ; mais je crains bien de revenir coupable.

LE BAILLY *à fa femme.*

Avertiffez nos gens de l'obferver de près ,
Tandis que je m'en vais entretenir Agnés.

SCENE X.

LE BAILLY, AGNE'S.

LE BAILLY.

OH ça, ma chere Agnés , parlons fans nous con-
traindre ,
Quelque fujet que j'aïe aujourd'hui de me plaindre,
Je vous aime , & je veux vous prendre par douceur.
Mon Fils nourrit pour vous une coupable ardeur ,
Tâchez de l'en guérir. Vous fçavez que Conftance,
Doit faire , avec Pierrot, une étroite alliance,
Avec un bon garçon , je veux vous marier,
Feu vorre ayeul étoit mon pere nourricier ;

Le bon-homme pour moi fignalant fa tendreffe,

Avec un foin extrême éleva ma jeuneffe ;

Il étoit l'Ecrivain du Procureur Fifcal,

Et dans tous les Procés fon faux témoin banal :

Auffi-bien que fon Maître, il fçavoit la Pratique,

De la chicanne enfin, il m'apprit la rubrique :

Et comment, fans aller voler fur le chemin,

On pouvoit s'emparer du bien de fon voifin.

Mais il m'apprit encor, ce vieillard refpectable,

Qu'un pere pour fon Fils doit être inéxorable.

Qu'il doit le châtier, & ne ménager rien,

Sur-tout, quand il époufe une fille fans bien,

Et que l'on ne peut trop pnnir une Servante,

Quand elle eft affez vaine, affez impertinente,

Pour ofer s'amufer au Fils de la Maifon.

De vorre fage Aïeul, telle fut la leçon ;

Chere Agnés, & pour prix de ma reconnoiffance,

Vos Services auront bien-tôt leur récompenfe.)

Arlequin, le Bedeau, peut vous donner uu rang,

Vous fçavez qu'il vous aime, & qu'il eft de mon fang :

A l'épouler demain, chere Agnés, foïez prête,

Je m'oblige à vous faire un trouffeau fort honnête.
B iij

AGNE'S.

Pourrois-je me réfoudre à lui donner ma foi,
Quand je ne l'aime point?

LE BAILLY.

Agnés , écoutez-moi.
Avec ce mien parent , fi l'himen vous engage ,
Moi-même je ferai les frais du mariage.
Choififfez ,,d'un quartier de Vignes , ou de Pré ,
Foi de Bailly d'honneur , je vous le donnerai.
Votre Aïeul m'eft fi cher , j'honore tant fa cendre ,
Qu'il n'eft rien que de moi vous ne deviez attendre ,
Pour faire voir à tous , que le dernier Vaffal
Qui forme les Baillis eft prefque leur égal.

AGNE'S.

Le Bedeau , je l'avouë , eft homme de mérite ,
Mais de cette faveur , de bon cœur je vous quitte ,
C'eft répondre fort mal à mes intentions ,
Que de païer ainfi vos obligations.
En faveur d'un aïeul votre reconnoiffance
Eclatte vainement , & je vous en difpenfe ;
Car fi c'eft à ce prix que vous vous aquitez ,
Je me pafferai bien de toutes vos bontez.

LE BAILLY.

Qu'entens-je ! à ce difcours, je ne puis rien com-
   prendre :

A la main de mon Fils, oferiez-vous prétendre ?

Ah ! fi je le fçavois, je vous ferois bien voir,

Que ce n'eft point en vain qu'on brave mon pouvoir.

Mais quoi, vous rougiffez, & vous baiffez la vûë …

Agnés, c'eft pour le coup que vous feriez perduë ;

Et je me fervirois de mon autorité,

Pour vous metre bientôt en lieu de fûreté.

SCENE XI.

LA BAILLIVE, LE BAILLY, AGNE'S.
LA BAILLIVE.

AH ! vraïement mon mari, voici bien du tapage,

Votre Fils animé de fureur & de rage,

Malgré votre défenfe a forcé la maifon ;

Nos gens qu'il a chargez de cent coups de bâton,

N'ont pû lui réfifter, il a fçû les abattre,

Et pour ravoir Agnés, il fait le diable à quatre.

LE BAILLY.

Malheur que je n'ai pû prévoir, ni prévenir !
Mais tout coup vaille ; allons … me perdre … ou le
      punir.

SCENE XII.

LA BAILLIVE, AGNE'S.

LA BAILLIVE.

Vous vous faites aimer d'une étrange maniere,
Et voila bien du train pour une Cuisiniere.
Le beau charivari que vous causez chez nous !
Vous avez tant d'attraits, que pour l'amour de vous,
Votre galant ici fait naître le désordre,
Et nous donne aujourd'hui bien du fil à retordre.

AGNE'S.

N'insultez pas du moins, Madame, à ma dou-
      leur,
Et lorsque de Pierrot, je prévois le malheur,
Bien loin d'être insensible au chagrin qui m'accable,
Laissez-moi le plaisir de le pleurer coupable.

LA BAILLIVE.

Vous avez animé ce petit libertin,
Agnés, votre malheur n'en est que plus certain,
Puisque vous révoltez le fils contre le pere,
Redoutez les effets de ma juste colere.

AGNE'S.

Madame, puis-je craindre un impuissant couroux,
Quand je suis aujourd'hui plus à plaindre que vous.
Dans ce qu'a fait Pierrot, que trouvez-vous d'étran-
ge?

LA BAILLIVE.

Je crêve de dépit, & la main me demange...
Mais son Galant paroît; qui le conduit ici?
Quoiqu'il en soit, sçachons ce que fait le Bailly.

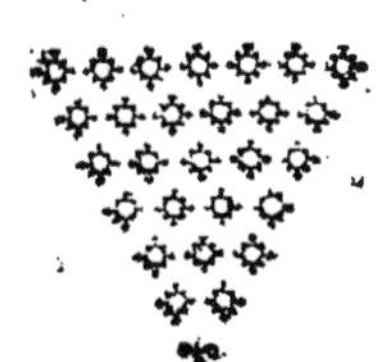

SCENE XIII.

PIERROT *l'épée à la main,*
AGNE'S.

PIERROT.

GRace au ciel, escorté d'une troupe mutine,
Je puis vous dérober au sort qu'on vous destine.
De ces funestes lieux, ma chere, éloignons-nous.
Venez Agnés, venez, & suivez votre époux.

AGNE'S.

Qu'avez-vous fait, cruel, quel horrible tapage !
Ah ! que je me repens de notre mariage !
Voila donc tout le fruit d'un funeste lien ?
Votre crime aujourd'hui m'éclaire sur le mien,
Contre nous vous avez ranimé votre pere,
Nous serons les objets de sa juste colere ;
Qu'allons-nous devenir, hélas ! ce sont vos rats
Qui me jettent, cruel, dans tout cet embarras.

PIERROT.

Mocquons-nous de cela, prenons tous deux la fuite,
Nous pourrons de mon pere, éviter la poursuite,

Hâtez-vous ; ſuivez-moi.

AGNE'S.

Non, ne l'eſperez pas.

Pierrot , je crains le crime , & non pas le trépas :

Cette indigne action irrite ma colere ,

Allez , dès ce moment appaiſer votre pere ,

Et ſans pouſſer plus loin vos tranſports furieux,

Meritez votre grace , ou mourrez à ſes yeux ;

Je ſoufrirai bien moins du deſtin qui m'accable,

A vous perdre innocent , qu'à vous ſauver coupable.

PIERROT.

Les plaiſans ſentimens , vous avez l'air naïf,

Ainſi je vous plairois beaucoup plus mort que vif,

Je vous ſuis obligé de votre courtoiſie ,

Mais , mon pere paroît , vous le voïez , ma mie,

Si nous étions ſortis , il arrivoit trop tard.

SCENE XIV.

LE BAILLY, LA BAILLIVE, AGNE'S,
PIERROT.

LE BAILLY, *sans voir Pierrot.*

OU pourrais-je trouver mon fripon, mon pen-
        dard !
Si je l'attrape, il va païer pour tous les autres ;
Ah ! ah ! le beau garçon, vous faites donc des vôtres ?
Coquin, rends ton épée ou m'en perce le sein ;
Viens, avance...

PIERROT *jettant son épée.*

            Ce mot l'arrache de ma main ;
Il me feroit beau voir vous pousser une botte,
Je voulois enlever mon Agnés, mais la sotte
N'a pas voulu me suivre, ainsi vous voïez bien,
Que dans ce que j'ai fait elle ne trempe en rien,
C'est sur moi seul que doit tomber votre colere,
Agnés n'est point coupable, & je le réïtere...

LE BAILLY.

Cesse de t'occuper de ces frivoles soins,

Tu la servirois mieux, en la défendant moins :

Je sçais ce que j'en crois.

PIERROT.

S'il faut qu'on la punisse,

Ne perdez point de temps, hâtez donc mon suplice ;

Si-non, vous me verrez encor plus furieux,

Dès demain assommer, briser tout en ces lieux.

Par des torrens de sang, s'il falloit les répandre,

J'irai venger Agnés, n'aïant pû la défendre,

Et je n'excepterai dans un tel desespoir,

Que vous seule & Constance ; à dieu, jusqu'au re-

voir.

S C E N E XV.

LE BAILLY, LA BAILLIVE, AGNE'S,
Suite.

LE BAILLY.

Voïez-vous ce coquin , comme encor il me
brave ?
Qu'on aille l'enfermer dans le fond de ma cave ;
Prévenons la fureur d'un tel emportement.
A la Baillive.
Et vous, gardez toûjours Agnés foigneufement.

S C E N E XVI.

LE BAILLY *feul.*

Quelques réflections font ici néceffaires ,
Pour balancer les droits des Baillis & des Peres.
Eh bien ! Bailly , tu dois punir un criminel !
Quoi, Pere , pourras-tu te montrer fi cruel ?

Bailly, point de quartier, éxerce la justice ...

Pere, ne permets pas que ton cher Fils périsse.

Non, je le punirai, c'est l'Arrêt du Bailli ...

Oh ! non pas, s'il vous plaît, vous en aurez menti.

Puniſſons...pardonnons...ſoïons dur...ſoïons tendre.

Hélas ! dans cet état, quel conſeil dois-je prendre !

Faites entrer les Grands ; le Marguiller d'honneur,

Le Bedeau mon parent, & le Carillonneur,

Avec le Magiſter, dans une telle affaire,

L'avis de ces Meſſieurs me ſera néceſſaire.

SCENE XVII.

LE MAGISTER, ARLEQUIN *Bedeau*, LE MARGUILLER, LE CARILLONNEUR LE BAILLY.

Aprés qu'ils ſe ſont aſſis.

LE BAILLY.

JE vois à ce ſoûpir, à ces pleurs, ce ſanglot,

Que vous êtes inſtruits des fraſques de Pierrot :

Que les enfans gâtez caufent de maux aux Peres !
Vous êtes mes Parens, mes Amis, mes Comperes.
De grace, honorez-moi, de vos fages avis,
Il s'agit de punir ou d'abfoudre mon fils.
Chaque jour à mes yeux fon infolence augmente,
Et non content d'avoir débauché ma Servante
Il a prefque affommé mon Clerc, mon Jardinier.
A qui donc déformais pourrais-je me fier ?
Un fils pour qui j'ai fait éclater ma tendreffe,
Ofe pouffer fi loin fa fureur vengereffe !
J'en dois faire un éxemple, il m'a défobéi,
Je le ferai partir pour le Miciffipi ;
Et me laiffant guider par ma jufte colere,
Je mettrai ma Servante à la Salpétriere.
Vous, Arlequin, parlez.

ARLEQUIN.

　　　　On ne fçauroit nier
Que toûjours le Bedeau doit marcher le premier ;
Mais j'attendois, Bailly, pour rompre le filence,
Que votre autorité m'en donnât la licence,
Je vais donc vous parler fans feinte & fans détour ;
Vous fçavez, pour Agnés, jufqu'où va mon amour,

Et

Et puifqu'il faut ici que tout mon cœur s'épanche,
Je comptois fûrement la tenir dans ma manche ;
Mais j'ai fort mal compté. Pour mes feux quel échec!
Votre fils m'a paffé la plume par le bec ;
Et quoiqu'il foit l'auteur de mon fort déplorable,
Je ne puis le haïr ; car je fuis un bon diable.
Vous vous plaignez qu'il a forcé votre maifon ;
S'il vous avoit donné quelques coups de bâton,
Il auroit plus de tort ; excufez la jeuneffe,
Il ne venoit ici , qu'enlever fa maîtreffe :
Et quoique l'action vous femble un attentat,
Je n'y vois pas de quoi faire feffer un chat.
Rendez-lui fon Agnés ; s'il le faut qu'il l'époufe ;
Ce mot fort à regret d'une bouche jaloufe,
Mais, puifque vous voulez enfin le châtier,
Le meilleur châtiment eft de le marier ;
Il en enragera; dans quatre jours peut-être,
Sa femme rabattra fes airs de petit maître,
Pour ranger la jeuneffe, il n'eft que ce moïen,
Mon avis eft fort bon , le vôtre ne vaut rien.
Nous avons de l'efprit, & rien ne s'y dérobe,
Nous ne fommes pas fots, nous autres gens de robbe.

C

LE BAILLY.

Magifter, c'eft à vous de dire votre avis.

LE MAGISTER.

Il le faut avoüer , j'eftime votre fils ,

Son amitié pour moi ne s'eft point rallentie ,

Et je ne puis nier que je lui dois la vie.

Un jour , que j'étois yvre , il m'en fouvient toûjours ,

Ce genereux garçon me prêta fon fecours.

Accablé de fommeil , étendu dans la place ,

Moi-même j'euffe été l'auteur de ma difgrace ;

Une charette alloit me paffer fur le corps ,

Quand pour me relever il fait plufieurs efforts ,

Me charge fur fon dos , fier de fon entreprife ,

Comme Enée autrefois , porta fon pere Anchife ,

Pourtant , quoique fenfible aux bontez de ce fils ,

Si j'ofois m'expliquer . . .

LE BAILLY.

Achevez.

LE MAGISTER.

J'obéis.

Si vous ne puniffez une telle infolence ,

Jamais vous ne ferez chez vous en affûrance :

Puifque vous êtes Juge , il faut le condamner ,

Et vous ferez fort bien de le moriginer.

Son fort me fait pitié , j'en pleure , j'en foûpire ;

Mais aux ordres d'un pere , un enfant doit foufcrire.

C'eft un petit mutin ; quoi qu'il m'ait bien fervi ,

Je conclus avec vous , pour le Micillipi.

LE BAILLY *aux autres Confeillers.*

Vous ne me dites rien , vous gardez le filence ,

Meffieurs , ah ! je fçais trop ce qu'il faut que j'en

    penfe :

Qui ne dit mot confent. Je condamne mon fils ,

Je ne demande point là-deffus vos avis ,

La chofe eft inutile , & n'en vaut pas la peine ,

Car vous n'êtes ici que pour orner la Scene.

SCENE XVIII.

LE BAILLY *seul.*

M On fils va donc partir pour le Micissipi ;

Mais que deviendras-tu quand il sera parti ?

Bailly trop malheureux ? te voila sans lignée !

Tu n'en peux esperer d'un second himenée ?

Ta race va finir, quel malheur pour l'Etat !

Dois-je immoler un fils aux clauses d'un contrat ?

Chacun avec raison dira que je radotte,

Et l'on m'enrollera bien-tôt dans la calotte.

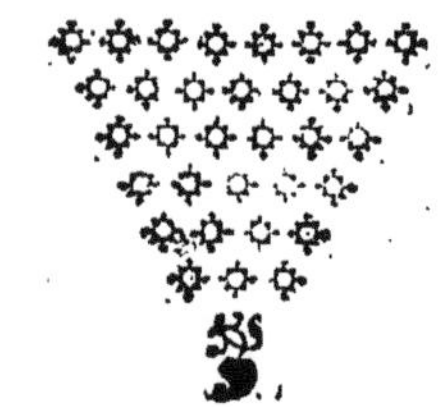

SCENE XIX.

UN PAISAN, LE BAILLY.

LE BAILLY *au Paisan.*

QUe me veut-on ?

LE PAYSAN.

Agnés demande à vous parler :
Elle a quelques secrets, dit-elle, à réveler.

LE BAILLY.

Qu'elle entre.

SCENE XX.

AGNE'S, LE BAILLY, UN ARCHER.

LE BAILLY.

APprochez-vous, venez la belle fille,
Qui mettez le désordre en toute ma famille.

AGNE'S.

Votre couroux est juste, & loin de vous blâmer,
Je sçais que contre moi tout doit vous animer ;

Je ne réfiſte point au coup qui me menace,

Mais daignez m'accorder une derniere grace;

A mes vœux empreſſez ne la refuſez pas :

Ordonnez à l'Archer qui ſuit ici mes pas,

Qu'il faſſe éxactement ce que j'ai ſçû lui dire,

C'eſt la ſeule faveur à laquelle j'aſpire,

Dans l'état où je ſuis j'oſe la demander.

LE BAILLY.

Faites ce qu'elle veut.

AGNE'S à l'Archer.

Revenez ſans tarder.

Enfin je vais parler, rien ne doit me contraindre,

De toutes vos fureurs je n'ai plus rien à craindre ;

Bailly, que la pitié ne vous retienne plus,

Tous mes crimes encor ne vous ſont pas connus.

Armez contre mes jours votre pouvoir ſuprême,

Pour votre aimable fils, ma tendreſſe eſt extrême ;

Et loin de redouter votre juſte couroux,

Je vous dirai bien plus, Pierrot eſt mon époux.

LE BAILLY.

Votre époux ! Ciel, qu'entens-je ! ah ! friponne,

`ah ! coquine !

Avez-vous oublié votre baſſe origine?

Mais pourquoi m'avoüer ſi tard un tel ſecret,

Dès le commencement, vous deviez l'avoir fait ;

Vous dire de mon fils épouſe, & non maîtreſſe,

Mais vous avez voulu faire durer la Piece ;

Pour étaler ici tous ces beaux ſentimens,

Que j'ai lûs & relûs cent fois dans les Romans.

Mon fils en pâtira...

A G N E' S.

Suivez-donc vos maximes,

On vous ameine encor de nouvelles victimes,

Voìci du fruit nouveau qui vous eſt preſenté ;

Voïons, ſi d'un Bailly toute la dureté,

Pourra...

LE BAILLY.

Dans ce moment, ma fureur redoublée...

Mais que vois-je ?

SCENE XXI.

Quatre ENFANS *amenez par une Nourrice,*
AGNE'S, LE BAILLY, UN ARCHER.

AGNE'S.

Venez, famille désolée,
Venez, pauvres enfans, qu'on veut rendre Orphe-
lins ;
Venez faire parler vos soûpirs enfantins.
Approchez-vous, mes fils, voilà votre grand pere,
Embrassez ses genoux, appaisez sa colere.

LES ENFANS *à genoux devant le Bailly.*

Mon papa, mon papa, mon papa, mon papa.

LE BAILLY.

Et d'où diable a-t-on fait sortir ces Marmots-là ?
Ais-je dans ma maison des chambres inconnuës ?
Oh ! pour le coup il faut qu'ils soient tombez des
nuës,
Ont-ils pû parvenir à l'âge où les voilà,
Sans qu'aucun du logis ait rien sçû de cela ?

A G N E'S.

N'y voïez point mes traits, n'y voïez que les vôtres,

Ils ignorent leur pere, ainſi que beaucoup d'autres :

Ces gages précieux que j'oſe vous offrir,

Loin de vous irriter devroient vous attendrir.

LE BAILLY.

Pour prouver un himen, petite impertinente,

Vous montrez des Enfans? la preuve en eſt plaiſante.

A G N E'S *lui montrant ſon Contrat de mariage.*

Vous me faites rougir, & c'eſt trop m'inſulter,

En voïant ce contrat en pourrez-vous douter ?

LE BAILLY *aprés l'avoir examiné.*

Ah ! je ne dis plus rien, & cet acte authentique

Impoſera du moins ſilence à la critique,

En regardant les Enfans.

Qu'ils ſont jolis ! gentils ! j'en ſuis tout réjoüi,

Ils reſſemblent au pere, on diroit que c'eſt lui.

Il les embraſſe.

A toute ma tendreſſe enfin, je m'abandonne,

à l'Archer.

Faites venir mon fils, allez, je lui pardonne ;

à Agnés.

C'en eſt fait, je me rends, & Pierrot eſt à vous,
Aimez plus que jamais, Agnés, ce cher époux ;
Ma femme grondera, fera bien la mauvaiſe,
Mais je m'en mocque.

A G N E'S.

Hélas ! que vous me comblez d'aiſe !
Mais d'où vient tout à coup la douleur que je ſens ?
Le cœur me bat, je tremble.... Eloignez mes Enfans.

LE BAILLY.

Quels tranſports imprévûs ! quelle mouche vous
pique ?
Chere Agnés, qu'avez-vous ?

A G N E' S *en criant.*

Seigneur, j'ai la colique.

LE BAILLY.

Ah ! je me doute bien d'où peut venir cela,
Ma carogne de femme a joüé ce trait-là ;
Quel tems a-t-elle pris pour un coup de la ſorte ?
Ma foi ſi j'en ſçai rien, que le diable m'emporte ;
Et de m'en informer je prends peu de ſouci,
Non-plus que de chercher remede à tout ceci.

SCENE XXII.

PIERROT *sans voir Agnés* , LE BAILLY,
A G N E'S *évanoüie* , ARLEQUIN,
LA NOURRICE.

PIERROT.

SOufrez qu'à vos genoux mon pere , je déploïe,
Tout ce qu'en ce moment , mon cœur reſſent de joie.
Vous me rendez Agnés.

LE BAILLY.

     Ah ! mon pauvre garçon,
Je vous la rends ici d'une étrange façon ;
Et nous avons compté tous les deux ſans notre hôte ;
Votre Agnés va mourir…. mais ce n'eſt pas ma faute.

PIERROT.

Ah ! voilà de ces coups , où l'on ne s'attend pas ,
Quoi ! failloit il ſa mort pour ſortir d'embarras ?
Agnés , ma chere Agnés , pour jamais m'eſt ravie,
Ce fer m'eſt donc rendu pour m'arracher la vie.

Il veut ſe fra per.

LE BAILLY *lui retenant la main.*

Ah ! mon fils, arrêtez ...

PIERROT.

Pour quoi me fecourir ?
Laiffez-vous voir, mon pere, en me laiffant mourir.

LE BAILLY.

Quel galimatias ! morbleu, quelle chimere !
Laiffant mourir un fils, fe montre-t-on fon pere ?
Je veux que vous viviez.

PIERROT.

Et fi je ne meurs pas,
Que deviendra Conftance avec tous fes appas ?
Faudra-t-il l'époufer, s'en retournera-t-elle ?
Vous m'irez là-deffus chercher encor querelle.

AGNES.

A dieu mon cher époux, c'en eft fait, je me meurs,
Venez à mes genoux étaler vos douleurs.

PIERROT.

Chere Agnés vous mourez : ô rigueur inhumaine.

ARLEQUIN.

Tirons tous nos mouchoirs, voici la belle Scene.

PIERROT *aux genoux d'Agnés.*

Pleurez, pleurez mes yeux, & fondez-vous en eau,

Puifque ma chere Agnés va defcendre au tombeau.

Hélas ! fi l'art eut pû rendre Agnés à la vie,

Que de gens en auroient ici l'ame ravie ;

Le Spectateur n'eût pas été fi confterné,

Et fur la bonne bouche, il s'en fût retourné :

Il le faut avoüer, c'étoit un coup de maître ;

Mais ce qu'on n'a point fait, je le ferai peut-être,

Telle que l'on croit morte, ou prés du monument,

Revient fouvent de loin, à la voix d'un Amant.

Revivez, chere Agnés, c'eft moi qui vous en prie, ...

Tenez, voilà de l'eau de la Reine d'Hongrie.

A G N E' S.

Quelle voix me rapelle, & m'arrache au trépas.

P I E R R O T.

Hé bien, qu'avois-je dit ? Ne la voila-t-il pas ?

Ah ! que je fuis content ! puifqu'Agnés n'eft pas
   morte,

Chantons, cabriollons, & de la bonne forte.

Les Païfans & Païfannes viennent témoigner leur joie,
& forment un Divertiffement.

F I N.

APPROBATION.

J'Ai lû par l'ordre de Monseigneur le Garde des Sceaux, une Comedie qui a pour titre, A g n e's de C h a i l l o t ; & j'ai jugé comme tout le Public que les Tragedies les plus interreſſantes peuvent fournir la matiere d'une agréable Parodie. F a i t à Paris ce 23. Aouſt 1723.   D A N C H E T.

PERMISSION DU ROY.

LOUIS, par la grace de Dieu, Roy de France & de Navarre: à nos Amez & feaux Conseillers, les Gens tenans nos Cours de Parlement, Maîtres des Requétes ordinaires de nôtre Hôtel, Grand Conseil, Prevôt de Paris, Baillifs, Sénéchaux, leurs Lieutenans Civils, & autres nos Justiciers qu'il appartiendra, SALUT: Nôtre bien amé le sieur DOMINIQUE BIANCOLELLI, Comedien ordinaire de notre trés-cher & trés-amé Oncle le Duc d'Orleans : Nous aïant fait supplier de lui accorder nos Lettres de permission, pour l'impression d'un Ouvrage qui a pour titre, *Agnés de Chaillot* : Nous avons permis & permettons par ces presentes audit sieur DOMINIQUE BIANCOLELLI, de faire imprimer ledit Livre, en telle forme, marge, caractere, conjointement ou séparément, & autant de fois que bon lui semblera, & de le faire vendre & débiter par tout notre Roïaume pendant le temps de trois années consécutives, à compter du jour de la datte desdites présentes : Faisons défenses à tous Imprimeurs, Libraires & autres personnes, de quelque qualité & condition qu'elles soient, d'en introduire d'impression étrangere dans aucun lieu de nôtre obéissance, à la charge que ces presentes seront enregistrées tout au long sur le Registre de la Communauté des Imprimeurs & Libraires de Paris, & ce dans trois mois de la datte d'icelles, que l'impression dudit Livre sera faite, dans notre Roïaume, & non ailleurs, en bon papier & en beaux caracteres, conformement aux Reglemens de la Librairie : & qu'avant que de l'exposer en vente, le Manuscrit ou imprimé qui aura servi de Copie à l'impression dudit Livre, sera remis dans le même état où l'Approbation y aura été donnée, és mains de notre trés-cher & féal Chevalier, Garde des Sceaux de France, le sieur Fleuriau d'Armenonville ; & qu'il en sera ensuite remis deux Exemplaires dans notre Bibliotheque publique, un dans celle de notre Château du Louvre, & un dans celle de notredit trés-cher & féal Chevalier, Garde des Sceaux de France, le sieur Fleuriau d'Armenonville : le tout à peine de nullité des presentes, du contenu desquelles vous mandons & enjoignons de faire jouir ledit Exposant ou ses aïans causes, pleinement & paisiblement, sans souffrir qu'il lui soit fait aucun trouble ou empêchemens. Voulons qu'à la Copie desdites presentes, qui sera imprimée tout au long au commencement ou à la fin dudit Livre, foi soit ajoû-

tée comme à l'Original : Commandons au premier notre Huiſ-
ſier ou Sergent, de faire pour l'éxécution d'icelles, tous actes
requis & néceſſaires, ſans demander autre permiſſion, & nonob-
ſtant Clameur de Haro, Charte Normande, & Lettres à ce con-
traires. C A R, tel eſt notre plaiſir. D o N N E' à Paris le vingt-
ſeptiéme jour du mois d'Aouſt, l'an de grace mil ſept cens vingt-
trois, & de notre regne le huitiéme.

Par le Roi en ſon Conſeil CARPOT.

Il eſt ordonné par l'Edit du Roi du mois d'Aouſt 1686. &
Arreſt de ſon Conſeil, que les Livres dont l'impreſſion ſe permet
par privilege de Sa Majeſté, ne pourront être vendus que par un
Imprimeur ou Libraire.

*Regiſtré ſur le Regiſtre V. de la Communauté des Imprimeurs &
Libraires de Paris, page 328 Nº. 616. conformement aux Regle-
mens, & notamment à l'Arreſt du Conſeil du 13. Aouſt 1703. A
Paris le 4. Septembre 1723.*

Signé BALLARD, *Syndic.*

Je ſouſſigné cede à perpetuité à Monſieur Flahault, Libraire
de la Comedie Italienne, une piece de ma compoſition, intitulée :
Agnés de Chaillot, ſuivant l'accord fait entre nous. A Paris ce 21.
Aouſt 1723.

DOMINIQUE BIANCOLELLI.

*Regiſtré ſur le Regiſtre V. de la Communauté des Imprimeurs &
Libraires de Paris. page 329. conformement aux Reglemens, &
notamment à l'Arreſt du Conſeil du 13. Aouſt 1703. A Paris
le 4. Septembre 1723.*

Signé BALLARD, *Syndic.*

9 782014 090635